AF454828

20 JUIN 1868
Neuilly

88. V

Vente après Décès.

CATALOGUE

DES

TABLEAUX

DESSINS

ANCIENS & MODERNES

BRONZES & OBJETS DIVERS

DONT LA VENTE AUX ENCHÈRES PUBLIQUES AURA LIEU

A NEUILLY

RUE DE LONGCHAMPS, 54

A MIDI

Les Samedi 20, Dimanche 21 & Lundi 22 Juin 1868.

Par le ministère de Me **SIMONNOT**, Greffier-Priseur,
Avenue de Neuilly, 69,
Assisté de M. **HORSIN DÉON**, Peintre, rue des Moulins, 15, à Paris.

EXPOSITION PUBLIQUE

Les Samedi 13, Dimanche 14 et Lundi 15 Juin 1868.

PARIS
RENOU & MAULDE
IMPRIMEURS DE LA COMPAGNIE DES COMMISSAIRES-PRISEURS
Rue de Rivoli 144.
1868

(1

VENTE

AUX ENCHÈRES PUBLIQUES

APRÈS DÉCÈS ET PAR ORDONNANCE DE RÉFÉRÉ

D'UN

RICHE MOBILIER

ET DE

TABLEAUX

ANCIENS & MODERNES

BRONZES D'ART

35 kilos d'Argenterie, Diamants, Dentelles, Piano, Billard, Pendules, etc.,

A NEUILLY, RUE DE LONGCHAMPS, N° 54

PARC DE SAINT-JAMES

Les Mercredi 17, Jeudi 18, Vendredi 19, Samedi 20, Dimanche 21, Lundi 22 et Mardi 23 Juin 1868,

A MIDI

Par le ministère de Me **SIMONNOT**, Greffier-Priseur,
Avenue de Neuilly, 69,
Assisté de M. **HORSIN DÉON**, pour les Tableaux et Objets d'art,
rue des Moulins, 15, à Paris.

EXPOSITION PUBLIQUE

Les Samedi 13, Dimanche 14 et Lundi 15 Juin 1868.

PARIS — 1868

CONDITIONS DE LA VENTE

Elle sera faite au comptant.

Les adjudicataires paieront DIX POUR CENT, en sus des enchères.

ORDRE DE LA VENTE

Mercredi 17 : **Porcelaines, Verrerie, partie des Meubles.**

Jeudi . . 18 : **Garde-robe d'Homme et de Femme, partie du Linge.**

Vendredi 19 : **Linge, Literie.**

Samedi 20, *Dimanche 21 et Lundi 22* : **Tableaux, Bronzes, Argenterie et Diamants.**

Mardi. . 23 : **Les Meubles et les Vins.**

DÉSIGNATION

DES

TABLEAUX

MOREL FATIO

1 — Marine, mer agitée.

DIAZ

2 — Femmes au bain.

VALLIN

3 — Paysage avec sujet de Diane et Actéon.

4 — Nymphe couchée dans un paysage.

LAHYRE

5 — Paysage avec personnages faisant des offrandes à Mercure.

MICHEL DUPLESSIS

6 — Paysage avec route au bord de laquelle est un cabaret et où cheminent une charrette et divers personnages.

GAUFFIER (Louis)

7 — Paysage historique animé de gracieuses figures aux différents plans.

SWERSCHKOW (le Vicomte de)

8 — Chevaux de course franchissant un mur.

NOUVIÈRE

9 — La Nymphe Io.

10 — Nymphe au bain.

PÉCRUS

11 — Jeune Femme travaillant à une broderie.

LAGRENÉE

12 — Vénus et l'Amour.

13 — L'Innocence séduite par l'Amour.

KLOMP

14 — Paysage et Animaux au repos.

SANTERRE

15 — Jeune Femme endormie. Figure à mi-corps avec mains.

DE BERGUE (Tony)

16 — La Lecture. (Exposition de 1855.)

17 — Une Plage.

18 — Entrée d'un port à marée basse.

19 — Une Plage.

20 — Entrée d'un port.

LEFÈVRE (Ad. R.)

21 — La Lecture.

BRAUWER

22 — Intérieur de cabaret : Buveur et Fumeur.

NOTERMAN

23 — Chiens au chenil.

BILCOQ

24 — Intérieur de cellier : le petit Voleur d'œufs.

LAWREINCE (Genre de Nicolas)

25 — La Femme épiée.

26 — Les Amants surpris.

JACQUESSON DE LA CHEVREUSE

27 — L'Oiseau privé.

VAN ROMYN

28 — Animaux dans une prairie.

VAN FALENS (Attribué à)

29 — Halte de cavaliers.

30 — Halte de chasseurs.

CRÉPIN

31 — Paysage accidenté avec chute d'eau.

SOOLEMAKER

32 — Paysage, animaux et figures de muletiers et de laveuses.

GUILLEMINET

33 — Poules et Coq.

34 — Basse-cour.

35 — Id. Son pendant.

TAUNAY

36 — Paysage, animaux et figures.

37 — Paysage avec moutons, voyageurs sur une route et bac traversant une rivière.

THOMAS WYCK

38 — Une Fileuse. (Intérieur hollandais.)

HUYSMANS DE MALINES

39 — Paysage avec terrains éboulés.

LANCRET (Genre de)

40 — Récréation champêtre.

41 — Récréation champêtre.

42 — Le Colin-Maillard.

JULIARD

43 — Jeune Femme endormie qui, dans son sommeil, se pique à une flèche de l'Amour.

MICHAUX

44 — Paysage-Marine avec nombreuses figures.

KUWASSEG

45 — Marine; entrée d'un port.

MALBRANCHE

46 — Paysage, effet de neige; marche militaire sur une route.

47 — Paysages, effet d'hiver avec patineurs.

48 — Marine, effet de lune.

49 — Paysage, effet de neige, avec forge au bord de la route.

50 — Paysage couvert par la neige avec figures de patineurs.

MALBRANCHE

51 — Paysage, effet d'hiver avec marche de cavalerie et piétons.

52 — Paysage boisé, effet de neige.

53 — Soldats traversant un village en hiver.

54 — Paysage avec route.

55 — Paysage, effet de neige.

56 — Paysage, effet de neige.

57 — Soldats traversant un village.

FONÈCHE

58 — Marine, mer agitée.

SIEBOLD

59 — Marine.

HÉBRARD

60 — La Laitière.

61 — La Rêverie.

62 — La petite Sœur.

63 — La Croix d'or.

64 — Le Myosotis.

WOUWERMANS (Attribué à PIERRE)

65 — Paysage avec chevaux et cavaliers.

GRÉGOIRE

66 — La Prière.

67 — Paysage-Marine; soleil levant.

JOHNSON

68 — Marine

MELLER

69 — Halte de cavaliers.

FINART

70 — Les Amours du riche.

71 — Les Amours du pauvre.

STACHON

72 — Une Paysanne.

CURTY

73 — Deux Paysages faisant pendants.

PETER NEEF (Genre de)

74 — Intérieur d'église.

HUBERT

75 — Deux Paysages avec moulin et rivière, faisant pendants.

HUBERT

76 — Deux petits Paysages faisant pendants.

77 — Paysage et Animaux.

BERMANN

78 — Paysage avec ruines.

BIDAULT

79 — Paysage, site d'Italie.

80 — Paysage avec cascade.

BREUGHEL

81 — La Vendange; paysage.

BELLET

82 — La Cuisinière.

83 — La Savonneuse.

BRONGNIART

84 — Paysage avec route et lac.

85 — Paysage avec route et charrette.

86 — Deux paysages faisant pendants.

87 — Paysage; effet de neige.

LENOIR

88 — Paysage ; vue de Suisse.

89 — Vue de Suisse; son pendant.

LANFANT DE METZ

90 — Le Rendez-vous.

91 — Les Blanchisseuses.

92 — Les deux Ivrognes.

93 — Le Passage du gué.

94 — La Déclaration.

95 — La Leçon de lecture.

96 — La Leçon de tapisserie.

CUYP (D'après)

97 — Paysage et Animaux.

HEMERLIN

98 — Scène galante.

GIRODET (École de)

99 — Œdipe et Antigone.

GRIFFIER

100 — Vue des bords du Rhin.

101 — Vue des bords du Rhin.

VAN ARTOIS

102 — Paysage et Figures.

103 — Paysage montagneux et boisé.

104 — Paysage accidenté.

CASANOVA

105 — Paysage et Moutons.

PATEL

106 — Paysage, site d'Italie.

VAN GOYEN

107 — Paysage boisé.

DARJOU

108 — Scène de cabaret.

CLAUDE (Attribué à)

109 — Paysage avec figures de Baigneuses.

PAU DE SAINT-MARTIN

110 — Paysage.

VAN DER KABEL

111 — Paysage-Marine.

GÉRARD

112 — Vue du pont de Reil.

BERRÉ

113 — Paysage et Animaux.

BOURNE

114 — Deux Paysages faisant pendants.

115 — Canal glacé.

116 — Canal glacé.

DUPRÉ (Attribué à J.)

117 — Paysage.

LEBOUIX

118 — Étude de Vaches.

LAJOUE

119 — Paysage.

BRUANDET

120 — Paysage boisé.

MUNIER

121 — Paysage avec figures de pêcheurs.

FASEN (le Chevalier)

122 — L'Agneau chéri.

COLONIA

123 — Paysage et Animaux.

124 — Paysage et Animaux.

BUDELOT

125 — Paysage.

126 — Paysage.

VAN CAPEL

127 — Marine.

MONTAUT

128 — Le Bain de pied.

CORRÉGE (D'après)

129 — L'Antiope.

EYNARD

130 — Femme au bain.

BOUCHER (D'après)

131 — Diane au bain.

COYPEL (Genre de)

132 — Nymphe endormie surprise par un Satyre et par les Amours.

HUGOT

133 — Le Billet doux.

DUVAL

134 — Paysage et Animaux.

KUYLENBURG

135 — Paysage avec ruines et figures.

MICHALLON

136 — Paysage et Baigneuses.

CLAUDE (D'après)

137 — Paysage avec ruines.

LANFANT DE METZ

138 — Les trois Amis.

HUBERT

139 — Paysage montagneux avec rivière et animaux.

SWEBACH (Genre de)

140 — Paysage et Convoi militaire.

141 — Paysage. (Son pendant.)

INCONNUS

142 — Paysage avec nombreuses figures allant prendre les eaux à une source qui en occupe le centre.

143 — Deux Paysages faisant pendants.

144 — Vase de fleurs. (Pastel.)

145 — Paysage.

146 — BRUANDET. Paysage.

147 — BRUANDET (Genre de). Paysage.

148 — XAVIER LEPRINCE (Genre de). Paysage.

149 — ROOS (Attribué à). Paysage et Animaux.

150 — Paysage : Passage du bac.

151 — Paysage, site d'Italie : Femme passant un gué sur un cheval.

152 — SWANEVELT (Genre de). Paysage.

153 — Trois petits Tableaux. Paysage et Marine.

154 — Jupiter donnant des ordres à l'Amour.

155 — Vénus sur son char.

156 — Paysage avec canal et bateau.

157 — Paysage avec femme au bain.

INCONNUS

158 — Paysage et Animaux.

159 — Quatre petits Paysages.

160 — La Cuisinière et son Enfant.

161 — La Cuisinière courtisée.

162 — Trois petites Marines.

163 — Deux petits Paysages-Marines.

164 — Miniature à l'huile : Portrait de femme.

165 — Deux Paysages.

166 — Femme au bain.

167 — Paysage avec route, figures et animaux.

168 — Paysage avec abreuvoir.

169 — Paysage et Animaux.

170 — Le Lever. (Genre de Johannot.)

171 — Paysage flamand.

172 — Femme à la fenêtre.

173 — Passage du bac par Dumoulin.

174 — Paysage et figures, d'après Téniers.

175 — Un Parc. Site d'Italie.

176 — Paysage avec vieux château.

177 — Paysage, site d'Italie. (Genre de Both.)

178 — Extérieur de cabaret. (École de Téniers.)

179 — Paysage et Animaux.

INCONNUS

180 — Un Cheval.

181 — Paysage et Figures.

182 — La Mère de famille, d'après Boucher.

183 — Deux petits Paysages.

184 — Nymphes et Satyres, par Vallin.

185 — Jeune Femme éveillant les Amours. (Genre de Vallin.)

186 — Deux petits Paysages-Marines.

187 — Deux Paysages boisés avec rivière.

188 — Intérieur d'étable; femme donnant à manger à ses poules.

189 — Paysage avec route. (Genre de Swebach.)

190 — Le Pardon, d'après Greuze.

191 — Paysage.

192 — Deux Médaillons : Paysages.

193 — Paysage.

DESSINS & AQUARELLES

194 — SCHULCH. Paysage et Animaux. 2 p. Encre de Chine.

195 — SULLY. Trois Marines. Pastel et mine de plomb.

196 — DE SOLIS. Six Aquarelles. Paysages et Marines.

197 — COLLIN. Paysage avec figure de dessinateur. (Sépia.)

198 — BOURGEOIS. Paysage. (Aquarelle.)

199 — CICERI. Trois petites Gouaches. Intérieur de ville.

200 — JUSTIN OUVRIÉ. Vue d'un vieux château. (Aquarelle.)

201 — Paysage oriental. (Aquarelle.)

202 — PEGOT. Jeune Femme Louis XV. (Pastel.)

203 — Paysage et Figures. — Paysage et Animaux; son pendant. (Pastels.)

BRONZES

204 — RUBENS ET VAN DYCK. Deux Statuettes de moyenne grandeur faisant pendants, par **Rysbrach.**

205 — Bacchante portant un petit faune sur ses épaules, par **Clodion.**

206 — Chien en arrêt, par **Moigniez.**

207 — Epagneul au repos, par **Fremiet.**

208 — Groupe d'une jument et de son poulain, par **Fratin.**

208 bis — Un Taureau, par **Rosa Bonheur.**

209 — Surtout en bronze doré et argenté : les Quatre Saisons supportant une corbeille.

210 — Deux Candélabres ornés d'animaux, par **Fratin.**

211 — Les Chevaux de Marly. Deux pendants de moyenne grandeur.

212 — Deux Groupes de chevaux en liberté, l'un par **Moigniez**, l'autre par **Mène.**

213 — Chiens en arrêt sur un faisan, par **Mène.**

214 — Cerfs et leurs Faons, par **Moigniez.**

215 — Cerf broutant des feuilles de chêne, par **Mène.**

216 — Un Cheval anglais, **Mène.**

217 — Un Lévrier, **Fratin.**

218 — Chien épagneul en arrêt et Chien rapportant, par **Mène.**

219 — Obélisque. Thermomètre. (Bronze doré.)

220 — Grande Coupe argentée avec bas-reliefs, style de Benvenuto Cellini.

221 — Deux Levrettes, par **Méne**.

222 — Chien endormi, par **Gagnard**.

223 — Groupe de Chiens, par **Mène**.

224 — Tasse et sa Soucoupe en métal ciselé.

225 — Femme puisant de l'eau, par **Pradier**, Statuette de moyenne grandeur.

226 — Chien en arrêt, par **Mène**.

227 — Deux jeunes Filles, l'une jouant aux osselets, l'autre avec un lézard. Socles en marbre blanc.

228 — Diane chasseresse.

229 — L'Espion.

230 — Vénus accroupie.

231 — Un Laboureur, bronze doré et argenté.

232 — Trois Vases formant garniture.

233 — Voltaire et Jean-Jacques; deux statuettes par Houdon.

234 — Cinq Pièces diverses.

OBJETS DIVERS

235 — Un Taureau, biscuit.

236 — Coupe en porcelaine, imitation de Sèvres, monture en bronze doré.

237 — Trois Coupes en Bohême.

238 — Deux grands Vases en Bohême.

239 — Enfant de pêcheur. (Terre cuite.)

240 — Pêcheur et sa Femme, par Blot.

LA VENTE DU MOBILIER SE COMPOSE DE :

Plusieurs Services en porcelaine, Verrerie, Batterie de cuisine, Feux complets, etc.

Glaces, Pendules, Candélabres, nombreux Objets d'étagère.

Linge, Draps de maîtres, Services damassés, etc.

Belle Garde-robe de femme, Dentelles, Fourrures et Garde-robe d'homme.

Bons Couchers en laine, plume et crin, Rideaux soie, laine, beaux Tapis, Meubles de salons.

Ameublements de chambres à coucher, salons, salles à manger et bureaux en marqueterie, bois de rose, palissandre et acajou.

Beau Piano en palissandre. Billard et tous ses accessoires. Coffre-fort.

35 kilogrammes d'argenterie en couverts, soupière, cafetières, plats, etc.

Montres, Chaînes, Boucles d'oreilles et autres bijoux en or.

Diamants, plusieurs Bagues, Bracelets ornés de brillants.

Vins de Bordeaux, Bourgogne, Champagne, Madère, etc.

Quantité d'autres Objets.

Renou et Maulde, imprimeurs de la Compagnie des Commissaires-Priseurs, rue de Rivoli, 144. 14915

www.ingramcontent.com/pod-product-compliance
Ingram Content Group UK Ltd.
Pitfield, Milton Keynes, MK11 3LW, UK
UKHW021043260726
13994UKWH00005B/2332

9 782329 435497